Pietro Metastasio

Temistocle

TEMISTOCLE

Rappresentato, con musica del CALDARA, *la prima volta in Vienna, nell'interno gran teatro della cesarea corte, alla presenza degli augusti sovrani, il dì 4 novembre 1736, per festeggiare il nome dell'imperator Carlo sesto, d'ordine dell'imperatrice Elisabetta.*

ARGOMENTO

Fu l'ateniese Temistocle uno de' più illustri capitani della Grecia. Conservò egli più volte alla patria, col suo valore e co' suoi consigli, e l'onore e la libertà; ma dopo la celebre battaglia di Salamina, nella quale con forze tanto ineguali fugò e distrusse l'innumerabile l'armata di Serse, pervenne a così alto grado di merito, che gl'ingrati cittadini d'Atene, o temendolo troppo potente, o invidiandolo troppo glorioso, lo discacciarono da quelle mura medesime, che aveva egli poc'anzi liberate e difese. E, considerando poscia quanto i risentimenti di tal uomo potessero riuscir loro funesti, cominciarono ad insidiarlo per tutto, desiderosi d'estinguerlo. Non si franse, in avversità così grandi, la costanza del valoroso Temistocle Esule, perseguitato e mendico, non disperò difensore, e ardì cercarlo nel più grande fra' suoi nemici. Andò sconosciuto in Persia, presentossi all'irritato Serse, e, palesatosi a lui, lo richiese coraggiosamente d'asilo. Sorpreso il nemico re dall'intrepidezza, dalla presenza e dal nome di tanto eroe, legato dalla fiducia di quello nella sua generosità, e trasportato dal contento di tale acquisto, in vece d'opprimerlo, siccome aveva proposto, l'abbracciò, lo raccolse, gli promise difesa e caricollo di ricchezze e d'onori. Non bastò tutta la moderazione di Temistocle nella felicità per sottrarlo alle nuove insidie della fortuna. Odiava Serse implacabilmente il nome greco, ed immaginavasi che non men di lui odiar lo dovesse Temistocle dopo l'offesa dell'ingiustissimo esilio; onde gl'impose che, fatto condottiere di tutte le forze de' regni suoi, eseguisse contro la Grecia le comuni vendette. Inorridì l'onorato cittadino, e procurò di scusarsi. Ma Serse, che dopo tanti benefici non attendeva un rifiuto da lui, ferito dall'inaspettata repulsa, volle costringerlo ad ubbidire. Ridotto Temistocle alla dura necessità o di essere ingrato al suo generoso benefattore o ribelle alla patria, determinò d'avvelenarsi per evitare l'uno e l'altro. Ma, sul punto d'eseguire il funesto disegno, il magnanimo Serse, innamorato dell'eroica sua fedeltà e acceso d'una nobile emulazione di virtù, non gl'impedì solo d'uccidersi, ma giurò inaspettatamente quella pace alla Grecia, che tanto fino a quel giorno era stata da lei desiderata in vano e richiesta. (CORNELIO NEPOTE).

INTERLOCUTORI

SERSE *re di Persia.*

TEMISTOCLE

ASPASIA *e*

NEOCLE *suoi figliuoli.*

ROSSANE *principessa del sangue reale, amante di Serse.*

LISIMACO *ambasciatore de' Greci.*

SEBASTE *confidente di Serse.*

La Scena si rappresenta in Susa.

ATTO PRIMO

5

SCENA PRIMA

Deliziosa nel palazzo di Serse.

TEMISTOCLE *e* NEOCLE

TEMIS.	Che fai?
NEOC.	Lascia ch'io vada

Quel superbo a punir. Vedesti, o padre,
Come ascoltò le tue richieste? E quanti
Insulti mai dobbiam soffrir?

TEMIS.   Raffrena

Gli ardori intempestivi. Ancor supponi
D'essere in Grecia, e di vedermi intorno
La turba adulatrice,
Che s'affolla a ciascun quando è felice?
Tutto, o Neocle, cambiò. Debbono i saggi
Adattarsi alla sorte. È del nemico
Questa la reggia: io non son più d'Atene
La speranza e l'amor. Mendico ignoto,
Esule, abbandonato,
Ramingo, discacciato,
Ogni cosa perdei: sola m'avanza,
E il miglior mi restò, la mia costanza.

NEOC.   Ormai, scusa, o signor, quasi m'irrìta
Questa costanza tua. Ti vedi escluso
Da quelle mura istesse

Che il tuo sangue serbò; trovi per tutto

Della patria inumana

L'odio persecutor che ti circonda,

Che t'insidia ogni asilo, e vuol ridurti

Che a tal segno si venga,

Che non abbi terren che ti sostenga:

E lagnar non t'ascolto!

E tranquillo ti miro! Ah! come puoi

Soffrir con questa pace

Perversità sì mostruosa?

TEMIS.   Ah! figlio,

Nel cammin della vita

Sei nuovo pellegrin: perciò ti sembra

Mostruoso ogni evento. Il tuo stupore

Non condanno però: la meraviglia

Dell'ignoranza è figlia

E madre del saper. L'odio, che ammiri,

È de' gran benefizi

La mercé più frequente. Odia l'ingrato,

E assai ve n'ha, del benefizio il peso

Nel suo benefattor; ma l'altro in lui

Ama all'incontro i benefizi sui.

Perciò diversi siamo:

Quindi m'odia la patria, e quindi io l'amo.

NEOC.   Se solo ingiusti, o padre,

Fosser gli uomini teco, il soffrirei;

Ma con te sono ingiusti ancor gli dèi.

TEMIS.   Perché?

NEOC.   Di tua virtù premio si chiama

Questa misera sorte?

TEMIS.   E, fra la sorte

O misera o serena,

Sai tu ben quale è premio e quale è pena?

NEOC.   Come?

TEMIS.   Se stessa affina

La virtù ne' travagli, e si corrompe

Nelle felicità. Limpida è l'onda

Rotta fra' sassi, e, se ristagna, è impura.

Brando, che inutil giace,

Splendeva in guerra, è rugginoso in pace.

NEOC.   Ma il passar da' trionfi

A sventure sì grandi...

TEMIS.   Invidieranno

Forse l'età future,

Più che i trionfi miei, le mie sventure.

NEOC.   Sia tutto ver. Ma qual cagion ti guida

A cercar nuovi rischi in questo loco?

L'odio de' Greci è poco? Espor de' Persi

Anche all'ire ti vuoi? Non ti sovviene

Che l'assalita Atene

Uscì per te di tutta l'Asia a fronte,

Serse derise e il temerario ponte?

Deh! non creder sì breve

L'odio nel cor d'un re. Se alcun ti scopre,

A chi ricorri? Hai gran nemici altrove:

Ma qui son tutti. A ciascheduno ha tolto,

Nella celebre strage il tuo consiglio

O l'amico o il congiunto o il padre o il figlio.

Deh! per pietà, signore,

Fuggiam...

TEMIS.   Taci: da lungi

Veggo alcuno appressar. Lasciami solo;

Attendimi in disparte.

NEOC.   E non poss'io

Teco, o padre, restar?

TEMIS.   No: non mi fido

Della tua tolleranza; e il nostro stato

Molta ne chiede.

NEOC.   Ora...

TEMIS.   Ubbidisci.

NEOC.   Almeno

In tempesta sì fiera

Abbi cura di te.

TEMIS.   Va; taci e spera.

NEOC.   Ch'io speri! Ah! padre amato,

E come ho da sperar?

Qual astro ha da guidar

La mia speranza?

Mi fa tremar del fato

L'ingiusta crudeltà;

Ma più tremar mi fa

La tua costanza. *(parte)*

SCENA SECONDA

ASPASIA, SEBASTE, *e* TEMISTOCLE *in disparte*.

TEMIS.   (Uom d'alto affare, al portamento, al volto

Quegli mi par: sarà men rozzo. A lui

Chieder potrò... Ma una donzella è seco,

E par greca alle vesti).

ASP.   *(a Sebaste)*   Odi.

SEB.   *(in atto di partire)*   Non posso,

Bella Aspasia, arrestarmi:

	M'attende il re.

ASP.   Solo un momento. È vero

Questo barbaro editto?

SEB.   È ver. Chi a Serse

Temistocle conduce estinto o vivo,

Grandi premi otterrà. *(incamminato per partire)*

ASP.   (Padre infelice!)

TEMIS. Signor, dimmi, se lice *(incontrando Sebaste)*

Tanto saper: può del gran Serse al piede

Ciascuno andar? Quando è permesso, e dove?

ASP. (Come il padre avvertir?)

SEB. *(a Temistocle con disprezzo)* Chiedilo altrove.

TEMIS. Se forse errai, cortese

M'avverti dell'error. Stranier son io

E de' costumi ignaro.

SEB.   Aspasia, addio, *(dopo aver
guardato Temistocle come sopra, parte)*

SCENA TERZA

TEMISTOCLE *ed* ASPASIA

TEMIS. (Che fasto insano!)

ASP.   (A queste sponde, o numi,

Deh! non guidate il genitor).

TEMIS.   (Si cerchi

Da questa greca intanto

qualche lume miglior). Gentil donzella,

Se il Ciel... (Stelle, che volto!)

ASP.   (Eterni dèi!

È il genitore, o al genitor somiglia).

TEMIS. Di’...

ASP. Temistocle!

TEMIS.   Aspasia!

ASP. *(s’abbracciano)* Ah padre!

TEMIS.   Ah, figlia!

ASP. Fuggi.

TEMIS. E tu vivi?

ASP.   Ah! fuggi,

Caro mio genitor. Qual ti condusse

Maligna stella a questa reggia? Ah! Serse

Vuol la tua morte: a chi ti guida a lui

Premi ha proposti... Ah! non tardar: potrebbe

Scoprirti alcun.

TEMIS.   Mi scoprirai con questo

Eccessivo timor. Di’: quando in Argo

Io ti mandai per non lasciarti esposta

A’ tumulti guerrieri, il tuo naviglio

Non si perdé?

ASP.   Sì, naufragò, né alcuno

Campò dal mare. Io, sventurata, io sola

Alla morte rapita,

Con la mia libertà comprai la vita.

TEMIS. Come?

ASP. Un legno nemico all’onde... oh Dio!

Lo spavento m’agghiaccia... all’onde insane

M’involò semiviva;

Prigioniera mi trasse a questa riva.

TEMIS. È noto il tuo natal?

ASP.   No: Serse in dono

Alla real Rossane

Mi diè non conosciuta. Oh, quante volte

Ti richiamai! con quanti voti il Cielo

Stancai per rivederti! Ah, non temei

Sì funesti adempiti i voti miei!

TEMIS.   Rasserenati, o figlia: assai vicini

Han fra loro i confini

La gioia e il lutto; onde il passaggio è spesso

Opra sol d'un istante. Oggi potrebbe

Prender la nostra sorte un ordin nuovo:

Già son meno infelice or che ti trovo.

ASP.   Ma qual mi trovi! in servitù. Qual vieni!

Solo, proscritto e fuggitivo. Ah! dove,

Misero genitor, dov'è l'usato

Splendor che ti seguia? le pompe, i servi,

Le ricchezze, gli amici?... Oh, ingiusti numi!

Oh, ingratissima Atene!

E il terren ti sostiene! e oziosi ancora

I fulmini di Giove...

TEMIS.   Olà, più saggia

Regola, Aspasia, il tuo dolor. Mia figlia

Non è chi può lo scempio

Della patria bramar; né un solo istante

Tollero in te sì scellerata idea.

ASP.   Quando tu la difendi, ella è più rea.

TEMIS.   Mai più...

ASP.   Parti una volta,

Fuggi da questo ciel.

TEMIS.   Di che paventi,

Se ignoto a tutti...?

ASP.   Ignoto a tutti! E dove

È Temistocle ignoto? Il luminoso

Carattere dell'alma, in fronte impresso,

Basta solo a tradirti. Oggi più fiero

Sarebbe il rischio. Un orator d'Atene

In Susa è giunto. A' suoi seguaci, a lui

Chi potrebbe celar...

TEMIS.   Dimmi: sapresti

A che venga e chi sia?

ASP.   No, ma fra poco

Il re l'ascolterà. Puoi quindi ancora

Il popolo veder, che già s'affretta

Al destinato loco.

TEMIS.   Ognun che il brami

Andar vi può?

ASP.   Sì.

TEMIS.   Dunque resta: io volo

A render pago il desiderio antico,

Che ho di mirar d'appresso il mio nemico.

ASP.   Ferma! misera me! che tenti? Ah! vuoi

Ch'io muoia di timor? Cambia, se m'ami,

Cambia pensier. Per questa mano invitta,

Che supplice e tremante

Torno a baciar; per quella patria istessa,

Che non soffri oltraggiata,

Che ami nemica e che difendi ingrata...

TEMIS.   Vieni al mio sen, diletta Aspasia. In questi

Palpiti tuoi d'un'amorosa figlia

Conosco il cor. Non t'avvilir. La cura

Di me lascia a me stesso. Addio. L'aspetto

Della fortuna avara

Dal padre intanto a disprezzare impara.

    Al furor d'avversa sorte

    Più non palpita e non teme

    Chi s'avvezza, allor che freme,

Il suo volto a sostener.

    Scuola son d'un'alma forte

L'ire sue le più funeste,

Come i nembi e le tempeste

Son la scuola del nocchier. *(parte)*

SCENA QUARTA

ASPASIA *e poi* ROSSANE

ASP.   Ah! non ho fibra in seno

Che tremar non mi senta.

ROSS.   Aspasia, io deggio

Di te lagnarmi. I tuoi felici eventi

Perché celar? Se non amica, almeno

Ti sperai più sincera.

ASP.   (Ah! tutto intese.

Temistocle è scoperto).

ROSS.   Impallidisci!

Non parli! È dunque ver? Sì gran nemica

Ho dunque al fianco mio?

ASP.   Deh! principessa...

ROSS.   Taci, ingrata! Io ti scopro

Tutta l'anima mia, di te mi fido;

E tu m'insidii intanto

Di Serse il cor!

ASP.   (D'altro ragiona).

ROSS.   È questa

De' benefizi miei

La dovuta mercé?

ASP.   Rossane, a torto

E m'insulti e ti sdegni. Il cor di Serse

Possiedi pur, non tel contrasto: io tanto

Ignota a me non sono,

Né van le mie speranze insino al trono.

ROSS.   Non simular. Mille argomenti ormai

Ho di temer. Da che ti vede, io trovo

Serse ogni dì più indifferente; osservo

Come attento ti mira; odo che parla

Troppo spesso di te, che si confonde

S'io d'amor gli ragiono; e, mendicando

Al suo fallo una scusa,

Della sua tiepidezza il regno accusa.

ASP.   Pietoso e non amante

Forse è con me.

ROSS.   Ciò, che pietà rassembra,

Non è sempre pietà.

ASP.   Troppa distanza

V'è fra Serse ed Aspasia.

ROSS.   Assai maggiori

Ne agguaglia Amor.

ASP.   Ma una straniera...

ROSS.   Appunto

Questo è il pregio ch'io temo. Han picciol vanto

Le gemme là dove n'abbonda il mare:

Son tesori fra noi, perché son rare.

ASP.   Rossane, per pietà, non esser tanto

Ingegnosa a tuo danno. A te fai torto,

A Serse e a me. Se fra le cure acerbe

Del mio stato presente avesser parte

Quelle d'amor, non ne sarebbe mai

Il tuo Serse l'oggetto. Altro sembiante

Porto nel core impresso; e Aspasia ha un core

Che ignora ancor come si cambi amore.

ROSS.   Tu dunque...

SCENA QUINTA

SEB.   Principessa,

Se vuoi mirarlo, or l'orator d'Atene

Al re s'invia.

ROSS.   Verrò fra poco.

ASP.   *(a Sebaste)*   Ascolta.

È ancor noto il suo nome?

SEB.   Lisimaco d'Egisto.

ASP.   (Eterni dèi!

Questi è il mio ben). Ma perché venne?

SEB.   Intesi

Che Temistocle cerchi.

ASP.   (Ancor l'amante

Nemico al padre mio! Dunque fa guerra

Contro un misero sol tutta la terra).

ROSS.   Precedimi, Sebaste. *(parte Sebaste)* Aspasia, addio.

Deh! non tradirmi.

ASP.   Ah! scaccia

Questa dal cor gelosa cura. E come

Può mai trovar ricetto

In un'alma gentil sì basso affetto?

ROSS.   Basta dir ch'io sono amante,

Per saper che ho già nel petto

Questo barbaro sospetto,

Che avvelena ogni piacer;

   Che ha cent'occhi, e pur travede;

Che il mal finge, e il ben non crede;

Che dipinge nel sembiante

I delirii del pensier. *(parte)*

SCENA SESTA

ASPASIA *sola.*

ASP.   E sarà ver? Del genitore a danno

Vien Lisimaco istesso! Ah! l'incostante

Già m'obliò: mi crede estinta, e crede

Che agli estinti è follia serbar più fede.

Questo, fra tanti affanni,

Questo sol mi mancava, astri tiranni.

   Chi mai d'iniqua stella

Provò tenor più rio?

Chi vide mai del mio

Più tormentato cor?

   Passo di pene in pene;

Questa succede a quella;

Ma l'ultima che viene

È sempre la peggior. *(parte)*

SCENA SETTIMA

Luogo magnifico destinato alle pubbliche udienze. Trono sublime da un lato. Veduta della città in lontano.

TEMISTOCLE *e* NEOCLE: *indi* SERSE *e* SEBASTE *con numeroso séguito.*

NEOC.   Padre, dove t'inoltri? Io non intendo

      Il tuo pensier. Temo ogni sguardo, e parmi

      Che ognun te sol rimiri. Ecco i custodi

      E il re: partiam.

TEMIS.   Fra il popolo confusi

      Resteremo in disparte.

NEOC.   È il rischio estremo.

TEMIS.   Più non cercar: taci una volta.

NEOC.   (Io tremo). *(si ritirano da un lato)*

SER.   Olà! venga e s'ascolti

      Il greco ambasciador. *(parte una guardia)* Sebaste, e ancora

      All'ire mie Temistocle si cela?

      Allettano sì poco

      Il mio favor, le mie promesse?

SEB.   Ascoso

      Lungamente non fia: son troppi i lacci

      Tesi a suo danno.

SER.   Io non avrò mai pace

      Fin che costui respiri. Egli ha veduto

      Serse fuggir. Fra tante navi e tante,

      Onde oppressi l'Egeo, sa che la vita

      A un vile angusto legno

      Ei mi ridusse a confidar; che poca

      Torbid'acqua e sanguigna

      Fu la mia sete a mendicar costretta,

      E dolce la stimò bevanda eletta.

E vivrà chi di tanto

Si può vantar? No, non fia vero: avrei

Questa sempre nel cor smania inquieta. *(va sul trono)*

NEOC. (Udisti?)

TEMIS.   (Udii).

NEOC.   (Dunque fuggiam).

TEMIS.   (T'accheta).

SCENA OTTAVA

LISIMACO *con séguito di Greci, e detti.*

LIS. Monarca eccelso, in te, nemico ancora,

Non solo Atene onora

La real maestà, ma dal tuo core,

Grande al par dell'impero, un dono attende

Maggior di tutti i doni.

SER. Pur che pace non sia, siedi ed esponi. *(Lisimaco siede)*

NEOC. (È Lisimaco?) *(a Temistocle)*

TEMIS.   (Sì). *(a Neocle)*

NEOC.   (Potria giovarti

Un amico sì caro).

TEMIS.   (O taci o parti).

LIS. L'opprimer chi disturbi

Il pubblico riposo, è de' regnanti

Interesse comun. Debbon fra loro

Giovarsi in questo anche i nemici. A tutti

Nuoce chi un reo ricetta,

Ché la speme d'asilo a' falli alletta.

Temistocle (ah! perdona,

Amico sventurato) è il delinquente,

Che cerca Atene. In questa reggia il crede;

Pretenderlo potrebbe; in dono il chiede.

NEOC.   (Oh domanda crudele!

Oh falso amico!)

TEMIS.   (Oh cittadin fedele!)

SER.   Esaminar per ora,

Messagger, non vogl'io qual sia la vera

Cagion per cui qui rivolgesti il piede,

Né quanto è da fidar di vostra fede.

So ben che tutta l'arte

Dell'accorto tuo dir punto non copre

L'ardir di tal richiesta. A me che importa

Il riposo d'Atene? Esser degg'io

De' vostri cenni esecutor? Chi mai

Questo nuovo introdusse

Obbligo fra' nemici? A dar venite

Leggi o consigli? Io non mi fido a questi.

Quelle non soffro. Eh! vi sollevi meno

L'aura d'una vittoria: è molto ancora

La greca sorte incerta;

È ancor la via d'Atene a Serse aperta.

LIS.   Ma di qual uso a voi

Temistocle esser può?

SER.   Vi sarà noto,

Quando si trovi in mio poter.

LIS.   Fin ora

Dunque non v'è?

SER.   Né, se vi fosse, a voi

Ragion ne renderei.

LIS.   Troppo t'accieca

L'odio, o signor, del greco nome; e pure

SER.   Se in pacifico nodo...

SER.   Olà! di pace

Ti vietai di parlarmi.

LIS.   È ver; ma...

SER.   Basta!

Intesi i sensi tuoi;

La mia mente spiegai: partir già puoi.

LIS.   Io partirò; ma, tanto

Se l'amistà ti spiace,

Non ostentar per vanto

Questo disprezzo almen.

  Ogni nemico è forte,

L'Asia lo sa per prova;

Spesso maggior si trova,

Quando s'apprezza men. *(parte)*

SCENA NONA

SERSE, SEBASTE, TEMISTOCLE *e* NEOCLE

SER.   Temistocle fra' Persi

Credon, Sebaste, i Greci? Ah! cerca e spia

Se fosse vero: il tuo signor consola.

Questa vittima sola

L'odio, che il cor mi strugge,

Calmar potrebbe.

NEOC.   (E il genitor non fugge!)

TEMIS.   (Ecco il punto: all'impresa!) *(si fa strada fra le guardie)*

NEOC.   (Ah, padre! ah, senti!)

TEMIS.   Potentissimo re. *(presentandosi dinanzi al trono)*

SEB.   Che ardir! *(alle guardie)* Quel folle

Dal trono s'allontani.

TEMIS.   Non oltraggiano i numi i voti umani.

SEB.   Parti.

SER.   No, no: s'ascolti.

Parla, stranier: che vuoi?

TEMIS.   Contro la sorte

Cerco un asilo, e non lo spero altrove:

Difendermi non può che Serse o Giove.

SER.   Chi sei?

TEMIS.   Nacqui in Atene.

SER.   E greco ardisci

Di presentarti a me?

TEMIS.   Sì. Questo nome

Qui è colpa, il so; ma questa colpa è vinta

Da un gran merito in me. Serse, tu vai

Temistocle cercando: io tel recai.

SER.   Temistocle! Ed è vero?

TEMIS.   A' regi innanzi

Non si mentisce.

SER.   Un merito sì grande

Premio non v'è che ricompensi. Ah! dove,

Quest'oggetto dov'è dell'odio mio?

TEMIS.   Già su gli occhi ti sta.

SER.   Qual è?

TEMIS.   Son io.

SER.   Tu!

TEMIS.   Sì!

NEOC.   (Dove m'ascondo?) *(parte)*

SER.   E così poco

Temi dunque i miei sdegni?

Dunque...

TEMIS.   Ascolta e risolvi. Eccoti innanzi

De' giuochi della sorte

Un esempio, o signor. Quello son io,

Quel Temistocle istesso,

Che scosse già questo tuo soglio, ed ora

A te ricorre, il tuo soccorso implora.

Ti conosce potente,

Non t'ignora sdegnato; e pur la speme

D'averti difensore a te lo guida:

Tanto, o signor, di tua virtù si fida.

Sono in tua man: puoi conservarmi, e puoi

Vendicarti di me. Se il cor t'accende

Fiamma di bella gloria, io t'apro un campo

Degno di tua virtù: vinci te stesso,

Stendi la destra al tuo nemico oppresso.

Se l'odio ti consiglia,

L'odio sospendi un breve istante, e pensa

Che vana è la ruina

D'un nemico impotente, util l'acquisto

D'un amico fedel, che re tu sei,

Ch'esule io son, che fido in te, che vengo

Vittima volontaria a questi lidi.

Pensaci, e poi del mio destin decidi.

SER.   (Giusti dèi! chi mai vide

Anima più sicura?

Qual nuova spezie è questa

Di virtù, di coraggio? A Serse in faccia

Solo, inerme e nemico

Venir, fidarsi... Ah! questo è troppo). Ah! dimmi,

Temistocle: che vuoi? con l'odio mio

Cimentar la mia gloria? Ah! questa volta

Non vincerai. Vieni al mio sen: m'avrai *(scende dal trono e abbraccia Temistocle)*

Qual mi sperasti. In tuo soccorso aperti

Saranno i miei tesori; in tua difesa

S'armeranno i miei regni; e quindi appresso

Fia Temistocle e Serse un nome istesso.

TEMIS.   Ah! signor, fin ad ora

Un eccesso parea la mia speranza,

E pur di tanto il tuo gran cor l'avanza.

Che posso offrirti? i miei sudori? il sangue?

La vita mia? Del benefizio illustre

Sempre saran minori

La mia vita, il mio sangue, i miei sudori.

SER.   Sia Temistocle amico

La mia sola mercé. Le nostre gare

Non finiscan però. De' torti antichi

Se ben l'odio mi spoglio,

Guerra con te più generosa io voglio

Contrasto assai più degno

Comincerà, se vuoi,

Or che la gloria in noi

L'odio in amor cambiò.

Scordati tu lo sdegno,

Io le vendette oblio;

Tu mio sostegno, ed io

Tuo difensor sarò. *(parte con Sebaste e séguito)*

SCENA DECIMA

TEMISTOCLE *solo*.

TEMIS.   Oh, come, instabil sorte,

Cangi d'aspetto! A vaneggiar vorresti

Trarmi con te. No: ti provai più volte

Ed avversa e felice: io non mi fido

Del tuo favor; dell'ire tue mi rido.

    Non m'abbaglia quel lampo fugace;

Non m'alletta quel riso fallace;

Non mi fido, non temo di te.

    So che spesso tra i fiori e le fronde

Pur la serpe s'asconde, s'aggira;

So che in aria talvolta s'ammira

Una stella, che stella non è. *(parte)*

SCENA UNDICESIMA

ASPASIA *e poi* ROSSANE

ASP.   Dov'è mai? Chi m'addita,

Misera! il genitor? Nol veggo, e pure

Qui si scoperse al re. Neocle mel disse:

Non poteva ingannarsi. Ah, principessa,

Pietà, soccorso! Il padre mio difendi

Dagli sdegni di Serse.

ROSS.   Il padre!

ASP.   Oh Dio!

Io son dell'infelice

Temistocle la figlia.

ROSS. Tu! come?

ASP. Or più non giova

Nasconder la mia sorte.

ROSS. (Aimè! la mia rival si fa più forte).

ASP. Deh! generosa implora

Grazia per lui.

ROSS. Grazia per lui! Tu dunque

Tutto non sai.

ASP. So che all'irato Serse

Il padre si scoperse: il mio germano,

Che impedir nol poté, fuggì, mi vide,

E il racconto funesto

Ascoltai dal suo labbro.

ROSS. Or odi il resto.

Sappi...

SCENA DODICESIMA

SEBASTE *e dette*.

SEB. Aspasia, t'affretta:

Serse ti chiama a sé. Che sei sua figlia

Temistocle or gli disse; e mai più lieta

Novella il re non ascoltò.

ROSS. (Che affanno!)

ASP. Fosse l'odio di Serse

Più moderato almen.

SEB. L'odio! Di lui

Temistocle è l'amor.

ASP.   Come! Poc'anzi

Il volea morto.

SEB.   Ed or l'abbraccia, il chiama

La sua felicità, l'addita a tutti,

Non parla che di lui.

ASP.   Rossane, addio:

Non so, per troppa gioia, ove son io.

È specie di tormento

Questo per l'alma mia

Eccesso di contento,

Che non potea sperar.

Troppo mi sembra estremo;

Temo che un sogno sia;

Temo destarmi, e temo

A' palpiti tornar. *(parte)*

SCENA TREDICESIMA

ROSSANE *e* SEBASTE

SEB.   (Già Rossane è gelosa:

Spera, o mio cor).

ROSS.   Che mai vuol dir, Sebaste,

Questa di Serse impaziente cura

Di parlar con Aspasia?

SEB.   Io non ardisco

Dirti i sospetti miei.

ROSS.   Ma pur?

SEB.   Mi sembra

Che Serse l'ami. Allor che d'essa intese

La vera sorte, un'improvvisa in volto

Gioia gli scintillò, che del suo core

Il segreto tradì.

ROSS.   Va, non è vero:

Son sogni tuoi.

SEB.   Lo voglia il Ciel; ma giova

Sempre il peggio temer.

ROSS.   Numi! e in tal caso

Che far degg'io?

SEB.   Che? Vendicarti. A tanta

Beltà facil sarebbe. È un gran diletto

D'un infido amator punir l'inganno.

ROSS.   Consola, è ver, ma non compensa il danno.

    Sceglier fra mille un core,

In lui formarsi il nido,

E poi trovarlo infido,

È troppo gran dolor.

    Voi che provate amore,

Che infedeltà soffrite,

Dite se è pena, e dite

Se se ne dà maggior. *(parte)*

SCENA QUATTORDICESIMA

SEBASTE *solo*.

SEB.   M'arride il Ciel: Serse è d'Aspasia amante;

Irritata è Rossane. In lui l'amore,

Gli sdegni in lei fomenterò. Se questa

Giunge a bramar vendetta,

Un gran colpo avventuro. A' molti amici,

Ch'io posso offrirle, uniti i suoi, mi rendo

Terribile anche a Serse. Al trono istesso

Potrei forse... chi sa? Comprendo anch'io

Quanto ardita è la speme;

Ma fortuna ed ardir van spesso insieme.

    Fu troppo audace, è vero,

Chi primo il mar solcò,

E incogniti cercò

Lidi remoti.

    Ma senza quel nocchiero

Sì temerario allor,

Quanti tesori ancor

Sariano ignoti! *(parte)*

ATTO SECONDO

SCENA PRIMA

Ricchissimi appartamenti destinati da Serse a Temistocle. Vasi all'intorno ricolmi d'oro e di gemme.

TEMISTOCLE, *poi* NEOCLE

TEMIS.	Eccoti in altra sorte; ecco cambiato,
	Temistocle, il tuo stato. Or or, di tutto
	Bisognoso e mendico, in van cercavi
	Un tugurio per te: questo or possiedi
	Di preziosi arredi
	Rilucente soggiorno;
	Splender ti vedi intorno
	In tal copia i tesori; arbitro sei
	E d'un regno e d'un re. Chi sa qual altro
	Sul teatro del mondo
	Aspetto io cambierò. Veggo pur troppo
	Che favola è la vita;
	E la favola mia non è compita.
NEOC.	Splendon pure una volta,
	Amato genitor, fauste le stelle
	All'innocenza, alla virtù: siam pure
	Fuor de' perigli. A tal novella, oh, come
	Tremeran spaventati
	Tutti d'Atene i cittadini ingrati!
	Or di nostre fortune
	Comincia il corso: io lo prevengo, e parmi

Già ricchezze ed onori,

Già trionfi ed allori

Teco adunar, teco goderne e teco

Passar d'Alcide i segni,

I regi debellar, dar legge a' regni.

TEMIS.   Non tanta ancor, non tanta

Fiducia, o Neocle. Or nell'ardire eccedi,

Pria nel timor. Quand'eran l'aure avverse,

Tremavi accanto al porto: or che seconde

Si mostrano un momento,

Apri di già tutte le vele al vento.

Il contrario io vorrei. Questa baldanza,

Che tanto or t'avvalora,

È vizio adesso, era virtude allora:

E quel timor, che tanto

Prima ti tenne oppresso,

Fu vizio allor, saria virtude adesso.

NEOC.   Ma che temer dobbiamo?

TEMIS.   Ma in che dobbiam fidarci? In quei tesori?

D'un istante son dono:

Può involarli un istante. In questi amici,

Che acquistar già mi vedi? Eh! non son miei:

Vengon con la fortuna, e van con lei.

NEOC.   Del magnanimo Serse

Basta il favore a sostenerci.

TEMIS.   E basta

L'ira di Serse a ruinarne.

NEOC.   È troppo

Giusto e prudente il re.

TEMIS.   Ma un re sì grande

Tutto veder non può. Talor s'inganna,

Se un malvagio il circonda;

	E di malvagi ogni terreno abbonda.

NEOC.   Superior d'ogni calunnia ormai

     La tua virtù ti rese.

TEMIS.   Anzi là, dove

     Il suo merto ostentar ciascun procura,

     La virtù, che più splende, è men sicura.

NEOC.   Ah qual!...

TEMIS.   Parti: il re vien.

NEOC.   Qual ne' tuoi detti

     Magia s'asconde! Io mi credea felice;

     Mille rischi or pavento: in un istante

     Par che tutto per me cangi sembiante.

     Tal per altrui diletto

     Le ingannatrici scene

     Soglion talor d'aspetto

     Sollecite cambiar.

     Un carcere il più fosco

     Reggia così diviene;

     Così verdeggia un bosco

     Dove ondeggiava il mare. *(parte)*

SCENA SECONDA

SERSE *e* TEMISTOCLE

SER.   Temistocle.

TEMIS.   Gran re.

SER.   Di molto ancora

     Debitor ti son io. Mercé promisi

A chi fra noi Temistocle traesse.

L'ottenni: or le promesse

Vengo a compir.

TEMIS.   Né tanti doni e tanti

Bastano ancor?

SER.   No; di sì grande acquisto,

Onde superbo io sono,

Parmi scarsa mercé qualunque dono.

TEMIS. E vuoi...

SER.   Vuo' della sorte

Corregger l'ingiustizia e sollevarti

Ad onta sua. Già Lampsaco e Miunte,

E la città, che il bel Meandro irriga,

Son tue da questo istante; e Serse poi

Del giusto amore, onde il tuo merto onora,

Prove darà più luminose ancora.

TEMIS. Deh! sia più moderato

L'uso, o signor, del tuo trionfo; e tanto

Di mirar non ti piaccia

Temistocle arrossir. Per te fin ora

Che feci?

SER.   Che facesti! E ti par poco

Credermi generoso?

Fidarmi una tal vita? aprirmi un campo

Onde illustrar la mia memoria? e tutto

Rendere a' regni miei

In Temistocle sol quanto perdei?

TEMIS. Ma le ruine, il sangue,

Le stragi, onde son reo...

SER.   Tutto compensa

La gloria di poter nel mio nemico

Onorar la virtù. L'onta di pria

Fu della sorte; e questa gloria è mia.

TEMIS. Oh magnanimi sensi,

Degni d'un'alma a sostener di Giove

Le veci eletta! oh fortunati regni

A tal re sottoposti!

SER.   Odimi. Io voglio

Della proposta gara

Seguir l'impegno. Al mio poter fidasti

Tu la tua vita; al tuo valore io fido

Il mio poter. Delle falangi perse

Sarai duce sovrano. In faccia a tutte

Le radunate schiere

Vieni a prenderne il segno. Andrai per ora

Dell'inquieto Egitto

L'insolenza a punir: più grandi imprese

Poi tenterem. Di soggiogare io spero,

Con Temistocle al fianco, il mondo intero.

TEMIS. E a questo segno arriva,

Generoso mio re...

SER.   Va, ti prepara

A novelli trofei. Diran poi l'opre

Ciò che dirmi or vorresti.

TEMIS.   Amici dèi,

Chi tanto a voi somiglia

Custoditemi voi. Fate ch'io possa,

Memore ognor de' benefizi sui,

Morir per Serse o trionfar per lui.

Ah! d'ascoltar già parmi

Quella guerriera tromba,

Che fra le stragi e l'armi

M'inviterà per te.

Non mi spaventa il fato,

Non mi fa orror la tomba,

Se a te non moro ingrato,

Mio generoso re. *(parte)*

SCENA TERZA

SERSE, *poi* ROSSANE, *indi* SEBASTE

SER. È ver che opprime il peso

D'un diadema real, che mille affanni

Porta con sé; ma quel poter de' buoni

Il merto sollevar, dal folle impero

Della cieca fortuna

Liberar la virtù, render felice

Chi non l'è, ma n'è degno, è tal contento,

Che di tutto ristora,

Ch'empie l'alma di sé, che quasi agguaglia,

Se tanto un uom presume,

Il destin d'un monarca a quel d'un nume.

Parmi esser tal da quel momento in cui

Temistocle acquistai. Ma il grande acquisto

Assicurar bisogna. Aspasia al trono

Voglio innalzar: la sua virtù n'è degna,

Il sangue suo, la sua beltà. Difenda

Così nel soglio mio de' suoi nipoti

Temistocle il retaggio; e sia maggiore

Fra' legami del sangue il nostro amore.

Pur d'Aspasia io vorrei

Prima i sensi saper. Già per mio cenno

Andò Sebaste ad esplorarli; e ancora

Tornar nol veggo. Eccolo forse... Oh stelle!

È Rossane. Si evìti. *(partendo)*

ROSS.   Ove t'affretti,

Signor? fuggi da me?

SER.   No; in altra parte

Grave cura mi chiama.

ROSS.   E pur fra queste

Tue gravi cure avea Rossane ancora

Luogo una volta.

SER.   Or son più grandi.

ROSS.   È vero;

Lo comprendo ancor io: veggo di quanto

Temistocle le accrebbe. È ben ragione

Che un ospite sì degno

Occupi tutto il cor di Serse. E poi

È confuso il tuo core,

Né mi fa meraviglia

Fra' meriti del padre, e...

SER.   Principessa,

Addio.

ROSS.   Senti. Ah, crudel!

SER.   (Si disinganni

La sua speranza). Odi, Rossane: è tempo

Ch'io ti spieghi una volta i miei pensieri.

Sappi...

SEB.   Signor, di nuovo

Chiede il greco orator che tu l'ascolti.

SER.   Che! non partì?

SEB.   No. Seppe

Che Temistocle è in Susa, e grandi offerte

Farà per ottenerlo.

SER.   Or troppo abusa

Della mia tolleranza: udir nol voglio:

Parta, ubbidisca. *(Sebaste s'incammina)*

ROSS.   (È amor quell'ira).

SER.   *(a Sebaste)*   Ascolta:

Meglio pensai. Va, l'introduci. Io voglio

Punirlo in altra guisa. *(parte Sebaste)*

ROSS.   I tuoi pensieri

Spiegami al fin.

SER.   Tempo or non v'è. *(volendo partire)*

ROSS.   Prometti

Pria con me di spiegarti

E poi, crudel, non mi rispondi e parti!

SER.   Quando parto e non rispondo,

Se comprendermi pur sai,

Tutto dico il mio pensier.

Il silenzio è ancor facondo,

E talor si spiega assai

Chi risponde col tacer. *(parte)*

SCENA QUARTA

Rossane *e poi* Aspasia

ROSS. Non giova lusingarsi;

Trionfa Aspasia. Ecco l'altera. E quale

È il gran pregio che adora

Serse in costei? *(considerando Aspasia)*

ASP.   Sono i tuoi dubbi al fine

Terminati, o Rossane?

ROSS.   *(come sopra)*   (Io non ritrovo

Di nodi sì tenaci

Tanta ragion).

ASP.   Che fai? Mi guardi e taci!

ROSS.   Ammiro quel volto,

Vagheggio quel ciglio,

Che mette in periglio

La pace d'un re.

Un'alma confusa

Da tanta bellezza

È degna di scusa,

Se manca di fé. *(parte)*

SCENA QUINTA

Aspasia, *poi* Lisimaco

ASP.   Che amari detti! O gelosia tiranna,

Come tormenti un cor! Ti provo, oh Dio!

Per Lisimaco anch'io.

LIS.   (Solo un istante

Bramerei rivederla, e poi... M'inganno?

Ecco il mio ben).

ASP.   Non può ignorar ch'io viva:

Troppo è pubblico il caso. Ah! d'altra fiamma

Arde al certo l'ingrato; ed io non posso

Ancor di lui scordarmi? Ah! sì, disciolta

Da questi lacci ormai... *(volendo partire)*

LIS.   Mia vita, ascolta.

ASP.   Chi sua vita mi chiama?... Oh stelle!

LIS.   Il tuo

Lisimaco fedele. A rivederti

Pur, bella Aspasia, il mio destin mi porta.

ASP.   Aspasia! Io non son quella: Aspasia è morta.

LIS.   So che la fama il disse;

So che mentì; so per quai mezzi il Cielo

Te conservò.

ASP.   Già che tant'oltre sai

Che per te più non vivo ancor saprai.

LIS.   Deh! perché mi trafiggi

Sì crudelmente il cor?

ASP.   Merita in vero

Più di riguardo un sì fedele amico,

Un sì tenero amante. Ingrato! e ardisci,

Nemico al genitore,

Venirmi innanzi e ragionar d'amore?

LIS.   Nemico! Ah! tu non vedi

Le angustie mie. Sacro dover m'astringe

La patria ad ubbidir; ma in ogni istante

Contrasta in me col cittadin l'amante.

ASP.   Scordati l'uno o l'altro.

LIS.   Uno non deggio,

L'altro non posso; e, senza aver mai pace,

Procuro ognor quel che ottener mi spiace.

ASP.   Va, lode al Ciel, nulla ottenesti.

LIS.   Oh Dio!

Pur troppo, Aspasia, ottenni. Ah! perdonate,

Se al dolor del mio bene

Donai questo sospiro, o dèi d'Atene.

ASP.   (Io tremo!) E che ottenesti?

LIS.   Il re concede

Temistocle alla Grecia.

ASP.   Aimè!

LIS.   Pur ora
          Rimandarlo promise, e la promessa
          Giurò di mantener.

ASP.   Misera! (Ah! Serse
          Punisce il mio rifiuto).
          Lisimaco, pietà. Tu sol, tu puoi
          Salvarmi il padre.

LIS.   E per qual via? M'attende
          Già forse il re dove adunati sono
          Il popolo e le schiere. A tutti in faccia,
          Consegnarlo vorrà. Pensa qual resti
          Arbitrio a me.

ASP.   Tutto, se vuoi. Concedi
          Che una fuga segreta...

LIS.   Ah! che mi chiedi?

ASP.   Chiedo da un vero amante
          Una prova d'amor. Non puoi scusarti.

LIS.   Oh Dio! fui cittadin prima d'amarti.

ASP.   Ed obbliga tal nome
          D'un innocente a procurar lo scempio?

LIS.   Io non lo bramo: il mio dovere adempio.

ASP.   E ben, facciamo entrambi
          Dunque il nostro dovere: anch'io lo faccio.
          Addio.

LIS.   Dove t'affretti?

ASP.   A Serse in braccio.

LIS.   Come!

ASP.   Egli m'ama, e ch'io soccorra un padre
          Ogni ragion consiglia.
          Anch'io prima d'amarti ero già figlia.

LIS.   Senti. Ah! non dare al mondo

	Questo d'infedeltà barbaro esempio.
ASP.	Sieguo il tuo stile: il mio dovere adempio.
LIS.	Ma sì poco ti costa...
ASP.	Mi costa poco? Ah, sconoscente! Or sappi

Per tuo rossor che, se consegna il padre,

Serse me vuol punir. Mandò poc'anzi

Il trono ad offerirmi, e questa, a cui

Nulla costa il lasciarti in abbandono,

Per non lasciarti ha ricusato il trono.

LIS.   Che dici, anima mia!

ASP.   Tutto non dissi:

Senti, crudel. Mille ragioni, il sai,

Ho d'aborrirti; e pur non posso; e pure,

Ridotta al duro passo

Di lasciarti per sempre, il cor mi sento

Sveller dal sen. Dovrei celarlo, ingrato!

Vorrei, ma non ho tanto

Valor che basti a trattenere il pianto.

LIS.   Deh! non pianger così: tutto vogl'io,

Tutto... (Ah, che dico!) Addio, mia vita, addio.

ASP.   Dove?

LIS.   Fuggo un assalto

Maggior di mia virtù.

ASP.   Se di pietade

Ancor qualche scintilla...

LIS.   Addio, non più: già il mio dover vacilla.

    Oh dèi, che dolce incanto

    È d'un bel ciglio il pianto!

    Chi mai, chi può resistere?

    Quel barbaro qual è?

    Io fuggo, amato bene;

Ché, se ti resto accanto,

Mi scorderò d'Atene,

Mi scorderò di me. *(parte)*

SCENA SESTA

ASPASIA *sola.*

ASP.   Dunque il donarmi a Serse

Ormai l'unica speme è che mi resta:

Che pena, oh Dio, che dura legge è questa!

A dispetto d'un tenero affetto,

Farsi schiava d'un laccio tiranno

È un affanno, che pari non ha.

Non si vive, se viver conviene

Chi s'aborre chiamando suo bene,

A chi s'ama negando pietà. *(parte)*

SCENA SETTIMA

Grande e ricco padiglione Aperto da tutti i lati, sotto di cui trono alla destra, ornato d'insegne militari. Veduta di vasta pianura, occupata dall'esercito persiano disposto in ordinanza.

SERSE *e* SEBASTE *con séguito di satrapi, guardie e popolo;*

poi TEMISTOCLE, *indi* LISIMACO *con Greci.*

SER.   Sebaste, ed è pur vero! Aspasia dunque

Ricusa le mie nozze?

SEB.   È, al primo invito,

Ritrosa ogni beltà. Forse in segreto

Arde Aspasia per te; ma il confessarlo

Si reca ad onta, ed a spiegarsi un cenno

Brama del genitor.

SER.   L'avrà.

SEB.   Già viene

L'esule illustre e l'orator d'Atene.

SER.   Il segno a me del militare impero

Fa che si rechi.

*(Serse va in trono, servito da Sebaste. Uno de'
satrapi porta sopra bacile d'oro il bastone*

*del comando, e lo sostiene vicino a lui. Intanto
nello approssimarsi, non udito da Serse,*

dice Lisimaco a Temistocle quanto siegue)

LIS.   (A qual funesto impiego,

Amico, il Ciel mi destinò! Con quanto

Rossor...)

TEMIS.   (Di che arrossisci? Io non confondo

L'amico e il cittadin. La patria è un nume,

A cui sacrificar tutto è permesso:

Anch'io, nel caso tuo, farei l'istesso).

SER.   Temistocle, t'appressa. In un raccolta

Ecco de' miei guerrieri

La più gran parte e la miglior: non manca

A tante squadre ormai

Che un degno condottier; tu lo sarai.

Prendi: con questo scettro, arbitro e duce

Di lor ti eleggo. In vece mia punisci,

Premia, pugna, trionfa. È a te fidato

L'onor di Serse e della Persia il fato.

LIS.   (Dunque il re mi deluse,

O Aspasia lo placò).

TEMIS.   Del grado illustre,

Monarca eccelso, a cui mi veggo eletto,

In tua virtù sicuro,

Il peso accetto e fedeltà ti giuro.

Faccian gli dèi che meco

A militar per te venga Fortuna;

O, se sventura alcuna

Minacciasser le stelle, unico oggetto

Temistocle ne sia. Vincan le squadre,

Perisca il condottiero: a te ritorni

Di lauri poi, non di cipressi cinto,

Fra l'armi vincitrici il duce estinto.

LIS.   In questa guisa, o Serse,

Temistocle consegni?

SER.   Io sol giurai

Di rimandarlo in Grecia. Odi se adempio

Le mie promesse. Invitto duce, io voglio

Punito al fin quell'insolente orgoglio.

Va: l'impresa d'Egitto

Basta ogni altro a compir; va del mio sdegno

Portatore alla Grecia. Ardi, ruina,

Distruggi, abbatti, e fa che senta il peso

Delle nostre catene

Tebe, Sparta, Corinto, Argo ed Atene.

TEMIS.   (Or son perduto!)

LIS.   E ad ascoltar m'inviti...

SER.   Non più: vanne e riporta

Sì gran novella a' tuoi. Di' lor qual torna

L'esule in Grecia e quai compagni ei guida.

LIS.   (Oh patria sventurata! oh Aspasia infida!) *(parte co' Greci)*

SCENA OTTAVA

TEMISTOCLE, SERSE *e* SEBASTE

TEMIS.   (Io traditor!)

SER.   Duce, che pensi?

TEMIS.   Ah! cambia

Cenno, mio re. V'è tanto mondo ancora

Da soggiogar.

SER.   Se della Grecia avversa

Pria l'ardir non confondo,

Nulla mi cal d'aver soggetto il mondo.

TEMIS.   Rifletti...

SER.   È stabilita

Di già l'impresa; e chi si oppon, m'irrìta.

TEMIS.   Dunque eleggi altro duce.

SER.   Perché?

TEMIS.   Dell'armi perse

Io depongo l'impero al piè di Serse. *(depone il bastone a piè del trono)*

SER.   Come!

TEMIS.   E vuoi ch'io divenga

Il distruttor delle paterne mura?

No, tanto non potrà la mia sventura.

SEB.   (Che ardir!)

SER.   Non è più Atene, è questa reggia

La patria tua: quella t'insidia, e questa

T'accoglie, ti difende e ti sostiene.

TEMIS.   Mi difenda chi vuol: nacqui in Atene.

44

È istinto di natura.

L'amor del patrio nido. Amano anch'esse

Le spelonche natie le fiere istesse.

SER.   (Ah! d'ira avvampo). Ah! dunque Atene ancora

Ti sta nel cor? Ma che tanto ami in lei?

TEMIS.   Tutto, signor: le ceneri degli avi,

Le sacre leggi, i tutelari numi,

La favella, i costumi,

Il sudor che mi costa,

Lo splendor che ne trassi,

L'aria, i tronchi, il terren, le mura, i sassi.

SER.   Ingrato! e in faccia mia *(scende dal trono)*

Vanti con tanto fasto

Un amor che m'oltraggia?

TEMIS.   Io son...

SER.   Tu sei

Dunque ancor mio nemico. In van tentai

Co' benefizi miei...

TEMIS.   Questi mi stanno,

E a caratteri eterni,

Tutti impressi nel cor. Serse m'additi

Altri nemici sui:

Ecco il mio sangue, il verserò per lui.

Ma della patria a' danni

Se pretendi obbligar gli sdegni miei,

Serse, t'inganni: io morirò per lei.

SER.   Non più: pensa e risolvi. Esser non lice

Di Serse amico e difensor d'Atene:

Scegli qual vuoi.

TEMIS.   Sai la mia scelta.

SER.   Avverti:

Del tuo destin decide

Questo momento.

TEMIS.   Il so pur troppo.

SER.   Irrìti

Chi può farti infelice.

TEMIS.   Ma non ribelle.

SER.   Il viver tuo mi devi.

TEMIS.   Non l'onor mio.

SER.   T'odia la Grecia.

TEMIS.   Io l'amo.

SER.   (Che insulto, oh dèi!) Questa mercede ottiene

Dunque Serse da te?

TEMIS.   Nacqui in Atene.

SER.   (Più frenarmi non posso). Ah! quell'ingrato

Toglietemi d'innanzi:

Serbatelo al castigo. E pur vedremo

Forse tremar questo coraggio invitto.

TEMIS.   Non è timor dove non è delitto.

        Serberò fra' ceppi ancora

Questa fronte ognor serena:

È la colpa, e non la pena,

Che può farmi impallidir.

        Reo son io: convien ch'io mora,

Se la fede error s'appella;

Ma per colpa così bella

Son superbo di morir. *(parte, seguito da alcune guardie)*

SCENA NONA

SERSE, SEBASTE, ROSSANE *e poi* ASPASIA

ROSS.   Serse, io lo credo appena...

SER.   Ah! principessa,

Chi crederlo potea? Nella mia reggia,

A tutto il mondo in faccia,

Temistocle m'insulta. Atene adora,

Se ne vanta, e per lei

L'amor mio vilipende e i doni miei.

ROSS.   (Torno a sperar). Chi sa? Potrà la figlia

Svolgerlo forse.

SER.   Eh! che la figlia e il padre

Son miei nemici. È naturale istinto

L'odio per Serse ad ogni greco. Io voglio

Vendicarmi d'entrambi.

ROSS.   (Felice me!) Della fedel Rossane

Tutti non hanno il cor.

SER.   Lo veggo, e quasi

Del passato arrossisco.

ROSS.   E pure io temo

Che, se Aspasia a te viene...

SER.   Aspasia! Ah! tanto

Non ardirà.

ASP.   Pietà, signor!

ROSS.   *(piano a Serse)*   (Lo vedi

Se tanto ardì? Non ascoltarla).

SER.   *(piano a Rossane)*   (Udiamo

Che mai dirmi saprà).

ASP.   Salvami, o Serse,

Salvami il genitor. Donalo, oh Dio!

Al tuo cor generoso, al pianto mio.

SER.   (Che bel dolor!)

ROSS.   (Temo assalto).

SER.   E vieni

Tu grazie ad implorar? tu che d'ogni altro

Forse più mi disprezzi?

ASP.   Ah no, t'inganni:

Fu rossor quel rifiuto. Il mio rossore

Un velo avrà, se il genitor mi rendi:

Sarà tuo questo cor.

ROSS.   (Fremo).

SER.   E degg'io

Un ingrato soffrir, che i miei nemici

Ama così?

ASP.   No, chiedo men. Sospendi

Sol per poco i tuoi sdegni: ad ubbidirti

Forse indurlo potrò. Mel nieghi? Oh dèi,

Nacqui pure infelice! Ancor da Serse

Niun partì sconsolato: io son la prima,

Che lo prova crudel! No, non lo credo;

Possibile non è. Questo rigore

È in te stranier, ti costa forza. Ostenti

Fra la natia pietà l'ira severa;

Ma l'ira è finta e la pietade è vera.

Ah! sì, mio re, cedi al tuo cor; seconda

I suoi moti pietosi e la mia speme,

O me spirar vedrai col padre insieme.

SER.   Sorgi. (Che incanto!)

ROSS.   (Ecco, delusa io sono).

SER.   Fa che il padre ubbidisca, e gli perdono.

Di' che a sua voglia eleggere

La sorte sua potrà;

Di' che sospendo il fulmine,

Ma nol depongo ancor;

   Che pensi a farsi degno

Di tanta mia pietà;

Che un trattenuto sdegno

Sempre si fa maggior. *(parte col séguito de' satrapi e le guardie)*

SCENA DECIMA

ASPASIA, ROSSANE *e* SEBASTE

ROSS.   (Io mi sento morir)

ASP.   Scusa, Rossane,

Un dover che m'astrinse...

ROSS.   Agli occhi miei

Involati, superba! Hai vinto, il vedo;

Lo confesso, ti cedo:

Brami ancor più? Vuoi trionfarne? Ormai

Troppo m'insulti: ho tollerato assai.

ASP.   L'ire tue sopporto in pace,

   Compatisco il tuo dolore:

   Tu non puoi vedermi il core,

   Non sai come in sen mi sta.

      Chi non sa qual è la face,

   Onde accesa è l'alma mia,

   Non può dir se degna sia

   O d'invidia o di pietà. *(parte)*

ROSSANE *e* SEBASTE

SEB.   (Profittiam di quell'ira).

ROSS.   Ah, Sebaste, ah, potessi

Vendicarmi di Serse!

SEB.   Pronta è la via. Se a' miei fedeli aggiungi

Gli amici tuoi, sei vendicata, e siamo

Arbitri dello scettro.

ROSS.   E quali amici

Offrir mi puoi?

SEB.   Le numerose schiere

Sollevate in Egitto

Dipendono da me. Le regge Oronte

Per cenno mio, col mio consiglio. Osserva:

Questo è un suo foglio. *(le porge un foglio ed ella il prende)*

ROSS.   Alle mie stanze, amico,

Vanne, m'attendi: or sarò teco. È rischio

Qui ragionar di tale impresa.

SEB.   E poi

Sperar poss'io...

ROSS.   Va: sarò grata. Io veggo

Quanto ti deggio, e ti conosco amante.

SEB.   (Pur colsi al fine un fortunato istante). *(parte)*

SCENA DODICESIMA

Rossane *sola*.

51

ROSS.   Rossane, avrai costanza

D'opprimer chi adorasti? Ah! sì; l'infido

Troppo mi disprezzò: de' torti miei

Paghi le pene. A mille colpi esposto

Voglio mirarlo a ciglio asciutto, e voglio

Che giunto all'ora estrema...

Oh Dio! vanto fierezza, e il cor mi trema.

Ora a' danni d'un ingrato

Forsennato il cor s'adira:

Or d'amore, in mezzo all'ira,

Ricomincia a palpitar.

Vuol punir chi l'ha ingannato;

A trovar le vie s'affretta:

E aborrisce la vendetta

Nel potersi vendicar.

ATTO TERZO

52

SCENA PRIMA

Camere in cui Temistocle è ristretto.

TEMISTOCLE *e poi* SEBASTE

TEMIS.	Oh patria, oh Atene, oh tenerezza, oh nome
	Per me fatal! Dolce fin or mi parve
	Impiegar le mie cure,
	Il mio sangue per te. Soffersi in pace
	Gli sdegni tuoi; peregrinai tranquillo
	Fra le miserie mie di lido in lido:
	Ma, per esserti fido,
	Vedermi astretto a comparire ingrato,
	Ed a re sì clemente,
	Che, oltraggiato e potente,
	Le offese oblia, mi stringe al sen, mi onora,
	Mi fida il suo poter; perdona, Atene,
	Soffrir nol so. De' miei pensieri il nume
	Sempre sarai, come fin or lo fosti;
	Ma comincio a sentir quanto mi costi.
SEB.	A te Serse m'invia: come scegliesti,
	Senz'altro indugio, ei vuol saper. Ti brama
	Pentito dell'error; lo spera; e dice
	Che non può figurarsi a questo segno
	Un Temistocle ingrato.
TEMIS.	Ah! no, tal non son io; lo sanno i numi,

Che mi veggono il cor: così potesse

Vederlo anche il mio re. Guidami, amico,

Guidami a lui...

SEB.   Non è permesso. O vieni

Pronto a giurar su l'ara

Odio eterno alla Grecia, o a Serse innanzi

Non sperar più di comparir.

TEMIS.   Né ad altro

Prezzo ottener si può che mi rivegga

Il mio benefattor?

SEB.   No. Giura, e sei

Del re l'amor. Ma, se ricusi, io tremo

Pensando alla tua sorte. In questo, il sai,

Implacabile è Serse.

TEMIS.   (Ah, dunque io deggio

Farmi ribelle, o tollerar l'infame

Taccia d'ingrato! E non potrò scusarmi

In faccia al mondo, o confessar morendo

Gli obblighi miei!) *(pensa)*

SEB.   Risolvi.

TEMIS.   *(risoluto)*   (Eh! usciam da questo

Laberinto funesto, e degno il modo

Di Temistocle sia). Va: si prepari

L'ara, il licor, la sacra tazza e quanto

È necessario al giuramento. Ho scelto:

Verrò.

SEB.   Contento io volo a Serse.

TEMIS.   Ascolta:

Lisimaco partì?

SEB.   Scioglie or dal porto

L'ancore appunto.

TEMIS.   Ah! si trattenga: il bramo

Presente a sì grand'atto. Al re ne porta,

Sebaste, i prieghi miei.

SEB.   Vi sarà: tu di Serse arbitro or sei. *(parte)*

SCENA SECONDA

TEMISTOCLE *solo.*

TEMIS.   Sia luminoso il fine

Del viver mio: qual moribonda face,

Scintillando s'estingua. Olà! custodi,

A me Neocle ed Aspasia. Al fin che mai

Esser può questa morte? Un ben? s'affretti.

Un mal? fuggasi presto

Dal timor d'aspettarlo,

Che è mal peggiore. È della vita indegno

Chi a lei pospon la gloria. A ciò che nasce

Quella è comun: dell'alme grandi è questa

Proprio e privato ben. Tema il suo fato

Quel vil, che agli altri oscuro,

Che ignoto a sé, morì nascendo e porta

Tutto sé nella tomba. Ardito spiri

Chi può senza rossore

Rammentar come visse, allor che muore.

SCENA TERZA

NEOCLE, ASPASIA *e detto.*

55

NEOC. O caro padre!

ASP.   O amato

Mio genitore!

NEOC.   È dunque ver che a Serse

Viver grato eleggesti?

ASP.   È dunque vero

Che sentisti una volta

Pietà di noi, pietà di te?

TEMIS.   Tacete,

E ascoltatemi entrambi. È noto a voi

A qual esatta ubbidienza impegni

Un comando paterno?

NEOC.   È sacro nodo.

ASP. È inviolabil legge.

TEMIS.   E ben, v'impongo

Celar quanto io dirò, fin che l'impresa

Risoluta da me non sia matura.

NEOC. Pronto Neocle il promette.

ASP.   Aspasia il giura.

TEMIS. Dunque sedete, e di coraggio estremo

Date prova in udirmi. *(siede)*

NEOC.   (Io gelo).

ASP.   (Io tremo). *(siedono Neocle ed Aspasia)*

TEMIS. L'ultima volta è questa,

Figli miei, ch'io vi parlo. Infin ad ora

Vissi alla gloria; or, se più resto in vita,

Forse di tante pene

Il frutto perderei: morir conviene.

ASP.   Ah, che dici!

NEOC.   Ah, che pensi!

TEMIS.   È Serse il mio

Benefattor; patria la Grecia. A quello

Gratitudine io deggio;

A questa fedeltà. Si oppone all'uno

L'altro dovere; e, se di loro un solo

È da me violato,

O ribelle divengo, o sono ingrato.

Entrambi questi orridi nomi io posso

Fuggir, morendo. Un violento ho meco

Opportuno velen...

ASP.   Come! ed a Serse

Andar non promettesti?

TEMIS.   E in faccia a lui

L'opra compir si vuol.

NEOC.   Sebaste afferma

Che a giurar tu verrai...

TEMIS.   So ch'ei lo crede,

E mi giova l'error. Con questa speme

Serse m'ascolterà. La Persia io bramo

Spettatrice al grand'atto, e di que' sensi,

Che per Serse ed Atene in petto ascondo,

Giudice io voglio e testimonio il mondo.

NEOC. (Oh noi perduti!)

ASP.   (Oh me dolente!) *(piangono)*

TEMIS.   Ah, figli,

Qual debolezza è questa! A me celate

Questo imbelle dolor. D'esservi padre

Non mi fate arrossir. Pianger dovreste

S'io morir non sapessi.

ASP.   Ah! se tu mori,

Noi che farem?

NEOC.   Chi resta a noi?

TEMIS.   Vi resta

Della virtù l'amore,

Della gloria il desio,

L'assistenza del Ciel, l'esempio mio.

ASP.   Ah! padre...

TEMIS.   Udite. Abbandonarvi io deggio

Soli, in mezzo a' nemici,

In terreno stranier, senza i sostegni

Necessari alla vita, e delle umane

Instabili vicende

Non esperti abbastanza; onde, il preveggo,

Molto avrete a soffrir. Siete miei figli:

Rammentatelo, e basta. In ogni incontro

Mostratevi con l'opre

Degni di questo nome. I primi oggetti

Sian de' vostri pensieri

L'onor, la patria e quel dovere a cui

Vi chiameran gli dèi. Qualunque sorte

Può farvi illustri, e può far uso un'alma

D'ogni nobil suo dono

Fra le selve così, come sul trono.

Del nemico destino

Non cedete agl'insulti: ogni sventura

Insoffribil non dura,

Soffribile si vince. Alle bell'opre

Vi stimoli la gloria,

Non la mercé. Vi faccia orror la colpa,

Non il castigo. E, se giammai costretti

Vi trovaste dal fato a un atto indegno,

V'è il cammin d'evitarlo: io ve l'insegno. *(s'alza e s'alzano Neocle e Aspasia)*

NEOC.   Deh! non lasciarne ancora.

ASP.   Ah! padre amato

Dunque mai più non ti vedrò?

TEMIS.   Tronchiamo

Questi congedi estremi. È troppo, o figli,

Troppo è tenero il passo: i nostri affetti

Potrebbe indebolir. Son padre anch'io,

E sento al fin... Miei cari figli, addio! *(gli abbraccia)*

   Ah! frenate il pianto imbelle;

Non è ver, non vado a morte;

Vo del fato, delle stelle,

Della sorte a trionfar.

   Vado il fin de' giorni miei

Ad ornar di nuovi allori;

Vo di tanti miei sudori

Tutto il frutto a conservar. *(parte)*

SCENA QUARTA

ASPASIA *e* NEOCLE

ASP.   Neocle!

NEOC.   Aspasia!

ASP.   Ove siam?

NEOC.   Quale improvviso

Fulmine ci colpì!

ASP.   Miseri! e noi

Ora che far dobbiam?

NEOC.   Mostrarci degni

Di sì gran genitore. *(risoluto)* Andiam, germana,

Intrepidi a mirarlo

Trionfar di se stesso. Il nostro ardire

Gli addolcirà la morte.

ASP.   Andiam: ti sieguo...

Oh Dio! non posso: il piè mi trema. *(siede)*

NEOC.   E vuoi

Tanto dunque avvilirti?

ASP.   E han tanto ancora

Valor gli affetti tui

NEOC.   Se manca a me, l'apprenderò da lui.

Di quella fronte un raggio,

Tinto di morte ancor,

M'inspirerà coraggio,

M'insegnerà virtù.

A dimostrarmi ardito

M'invita il genitor:

Sieguo il paterno invito

Senza cercar di più. *(parte)*

SCENA QUINTA

ASP.   Dunque di me più forte

Il germano sarà? Forse non scorre

L'istesso sangue in queste vene? Anch'io

Da Temistocle nacqui. *(si leva)* Ah! sì, rendiamo

Gli ultimi a lui pietosi uffizi. In queste

Braccia riposi, allor che spira. Imprima

Su la gelida destra i baci estremi

L'orfana figlia; e, di sua man chiudendo

Que' moribondi lumi... Ah, qual funesta

Fiera immagine è questa! Aimè, qual gelo

Mi ricerca ogni fibra! Andar vorrei,

E vorrei rimaner. D'orrore agghiaccio,

Avvampo di rossor. Sento in un punto

E lo sprone ed il fren. Mi struggo in pianto,

Nulla risolvo, e perdo il padre intanto.

Ah! si resti... Onor mi sgrida.

Ah! si vada... Il piè non osa.

Che vicenda tormentosa

Di coraggio e di viltà!

Fate, o dèi, che si divida

L'alma ormai da questo petto:

Abbastanza io fui l'oggetto

Della vostra crudeltà. *(parte)*

SCENA SESTA

SERSE, *poi* ROSSANE *con un foglio.*

SER.   Dove il mio duce, il mio

Temistocle dov'è? D'un re che l'ama

Non si nieghi agli amplessi.

ROSS.   Io vengo, o Serse,

Su l'orme tue.

SER.   (Che incontro!)

ROSS.   Odimi; e questa

Sia pur l'ultima volta.

SER.   Io so, Rossane,

So che hai sdegno con me; so che vendetta

Minacciarmi vorrai...

ROSS.   Sì, vendicarmi

Io voglio, è ver: son troppo offesa. Ascolta

La vendetta qual sia. Serse, è in periglio

La tua vita, il tuo scettro. In questo foglio

Un disegno sì rio

Leggi, previeni, e ti conserva. Addio. *(gli dà il foglio, e vuol partire)*

SER.   Sentimi, principessa:

Lascia che almen del generoso dono...

ROSS.   Basta così: già vendicata io sono.

È dolce vendetta

D'un'anima offesa

Il farsi difesa

Di chi l'oltraggiò.

È gioia perfetta,

Che il cor mi ristora

Di quanti fin ora

Tormenti provò. *(parte)*

SCENA SETTIMA

SER.   Viene il foglio a Sebaste;

Oronte lo vergò: leggasi... Oh stelle,

Che nera infedeltà! Sebaste è dunque

De' tumulti d'Egitto

L'autore ignoto! Ed al mio fianco intanto

Sì gran zelo fingendo... Eccolo. E come

Osa il fellon venirmi innanzi!

SEB.   Io vengo

Della mia fé, de' miei sudori, o Serse,

Un premio al fine ad implorar.

SER.   Son grandi,

Sebaste, i merti tuoi,

E puoi tutto sperar. Parla: che vuoi?

SEB.   Va l'impresa d'Atene

Temistocle a compir; l'altra d'Egitto

Fin or duce non ha. Di quelle schiere,

Che all'ultima destini,

Chiedo il comando.

SER.   Altro non vuoi?

SEB.   Mi basta

Poter del zelo mio

Darti prove, o signor.

SER.   Ne ho molte, e questa

È ben degna di te. Ma tu d'Egitto

Hai contezza bastante?

SEB.   I monti, i fiumi,

Le foreste, le vie, quasi potrei

I sassi annoverar.

SER.   Non basta: è d'uopo

Conoscer del tumulto

Tutti gli autori.

                        Oronte è il solo.

SER.   Io credo

Ch'altri ve n'abbia. Ha questo foglio i nomi:

Vedi se a te son noti. *(gli dà il foglio)*

SEB.   *(lo prende)*   E donde avesti...

(Misero me!) *(lo riconosce)*

SER.   Che fu? Tu sei smarrito!

Ti scolori! ammutisci!

SEB.   (Ah, son tradito!)

SER.   Non tremar, vassallo indegno;

È già tardo il tuo timore:

Quando ordisti il reo disegno,

Era il tempo di tremar.

     Ma giustissimo consiglio

È del Ciel che un traditore

Mai non vegga il suo periglio,

Che vicino a naufragar. *(parte)*

SCENA OTTAVA

SEBASTE *solo*.

SEB.   Così dunque tradisci

Disleal principessa... Ah, folle! ed io

Son d'accusarla ardito!

Si lagna un traditor d'esser tradito!

Il meritai. Fuggi, Sebaste... Ah! dove

fuggirò da me stesso? Ah! porto in seno

Il carnefice mio. Dovunque io vada,

Il terror, lo spavento

Seguiran la mia traccia;

La colpa mia mi starà sempre in faccia.

     Aspri rimorsi atroci,

   Figli del fallo mio,

Perché sì tardi, oh Dio!

Mi lacerate il cor?

Perché, funeste voci

Ch'or mi sgridate appresso,

Perché v'ascolto adesso,

Né v'ascoltai fin or? *(parte)*

SCENA NONA

Reggia, ara accesa nel mezzo, e sopra essa la tazza preparata pel giuramento.

SERSE, ASPASIA *e* NEOCLE, *satrapi, guardie e popolo.*

SER.   Neocle, perché sì mesto? Onde deriva,

Bella Aspasia, quel pianto? Allor che il padre

Mi giura fé, gemono i figli! È forse

L'amistà, l'amor mio

Un disastro per voi? Parlate.

NEOC. *ed* ASP.   Oh Dio!

SCENA DECIMA

ROSSANE, LISIMACO *con séguito di Greci, e detti.*

ROSS.   A che, signor, mi chiedi?

LIS.   Serse, da me che vuoi?

SER.   Voglio presenti

Lisimaco e Rossane...

LIS.   I nuovi oltraggi

Ad ascoltar d'Atene?

ROSS.   I torti miei

Di nuovo a tollerar?

LIS.   D'Aspasia infida

A veder l'incostanza?

ASP.   Ah! non è vero;

Non affliggermi a torto,

Lisimaco crudele: io son l'istessa.

Perché opprimer tu ancora un'alma oppressa?

SER.   Come! voi siete amanti?

ASP.   Ormai sarebbe

Vano il negar: troppo già dissi.

SER.   *(ad Aspasia)*   E m'offri

Tu la tua man?

ASP.   D'un genitor la vita

Chiedea quel sacrifizio.

SER.   *(a Lisimaco)*   E del tuo bene

SER.   Tu perseguiti il padre?

LIS.   Il volle Atene.

SER.   (Oh virtù che innamora!)

ROSS.   Il greco duce

Ecco s'appressa.

NEOC.   *(guardando il padre)* (Aver potessi anch'io

Quell'intrepido aspetto!)

ASP.   (Ah, imbelle cor, come mi tremi in petto!)

SCENA ULTIMA

TEMISTOCLE *e detti, poi* SEBASTE *in fine.*

SER.   Pur, Temistocle, al fine

       Risolvesti esser mio. Torna agli amplessi

       D'un re, che tanto onora... *(volendo abbracciarlo)*

TEMIS.   Ferma. *(ritirandosi con rispetto)*

SER.   E perché?

TEMIS.   Non ne son degno ancora.

       Degno pria me ne renda

       Il grand'atto a cui vengo.

SER.   È già su l'ara

       La necessaria al rito

       Ricolma tazza. Il domandato adempi

       Giuramento solenne; e in lui cominci

       Della Grecia il castigo.

TEMIS.   Esci, o signore,

       Esci d'inganno. Io di venir promisi,

       Non di giurar.

SER.   Ma tu...

TEMIS.   Sentimi, o Serse;

       Lisimaco, m'ascolta; udite, o voi

       Popoli spettatori,

       Di Temistocle i sensi; e ognun ne sia

       Testimonio e custode. Il fato avverso

       Mi vuole ingrato o traditor. Non resta,

       Fuor di queste due colpe,

       Arbitrio alla mia scelta,

       Se non quel della vita,

       Del Ciel libero dono. A conservarmi

       Senza delitto altro cammin non veggo

66

Che il cammin della tomba, e quello eleggo.

LIS.   (Che ascolto!)

SER.   (Eterni dèi)

TEMIS.   *(trae dal petto il veleno)* Questo, che meco

Trassi compagno al doloroso esiglio,

Pronto velen l'opra compisca. Il sacro

Licor, la sacra tazza *(lo lascia cader nella tazza)*

Ne sian ministri; ed all'offrir di questa

Vittima volontaria

Di fé, di gratitudine e d'onore,

Tutti assistan gli dèi.

ASP.   (Morir mi sento).

SER.   (M'occupa lo stupor).

TEMIS.   *(a Lisimaco)*   Della mia fede

Tu, Lisimaco, amico,

Rassicura la patria, e grazia implora

Alle ceneri mie. Tutte perdono

Le ingiurie alla fortuna,

Se avrò la tomba ove sortii la cuna.

(a Serse) Tu, eccelso re, de' benefizi tuoi

Non ti pentir: ne ritrarrai mercede

Dal mondo ammirator. Quella, che intanto

Renderti io posso (oh dura sorte!), è solo

Confessarli e morir. Numi clementi,

Se dell'alme innocenti

Gli ultimi voti han qualche dritto in cielo,

Voi della vostra Atene

Proteggete il destin, prendete in cura

Questo re, questo regno; al cor di Serse

Per la Grecia inspirate

Sensi di pace. Ah! sì, mio re, finisca

Il tuo sdegno in un punto e il viver mio.

Figli, amico, signor, popoli, addio! *(prende la tazza)*

SER. Ferma! che fai? Non appressar le labbra

Alla tazza letal.

TEMIS.   Perché?

SER.   Soffrirlo

Serse non debbe.

TEMIS.   E la cagion?

SER.   Son tante

Che spiegarle non so. *(gli leva la tazza)*

TEMIS.   Serse, la morte

Tormi non puoi: l'unico arbitrio è questo

Non concesso a' monarchi.

SER. *(getta la tazza)*   Ah! vivi, o grande

Onor del secol nostro. Ama, il consento,

Ama la patria tua; ne è degna: io stesso

Ad amarla incomincio. E chi potrebbe

Odiar la produttrice

D'un eroe, qual tu sei, terra felice?

TEMIS. Numi! ed è ver? tant'oltre

Può andar la mia speranza?

SER.   Odi, ed ammira

Gl'inaspettati effetti

D'un'emula virtù. Su l'ara istessa,

Dove giurar dovevi

Tu l'odio eterno, eterna pace io giuro

Oggi alla Grecia. Ormai riposi, e debba,

Esule generoso,

A sì gran cittadino il suo riposo.

TEMIS. O magnanimo re, qual nuova è questa

Arte di trionfar! D'esser sì grandi

È permesso a' mortali? Oh Grecia! oh Atene!

Oh esiglio avventuroso!

ASP.   Oh dolce istante!

NEOC.   Oh lieto dì!

LIS.   Le vostre gare illustri,

Anime eccelse, a pubblicar lasciate

Ch'io voli in Grecia. Io la prometto grata

A donator sì grande,

A tanto intercessor.

SEB.   De' falli miei,

Signor, chiedo il castigo. Odio una vita,

Che a te... *(inginocchiandosi)*

SER.   Sorgi, Sebaste: oggi non voglio

Respirar che contenti. A te perdono;

In libertà gli affetti

Lascio d'Aspasia; e la real mia fede

Di Rossane all'amor dono in mercede.

ASP.   Ah, Lisimaco!

ROSS.   Ah, Serse!

TEMIS.   Amici numi,

Deh! fate voi ch'io possa

Esser grato al mio re.

SER.   Da' numi implora

Che ti serbino in vita,

E grato mi sarai. Se con l'esempio

Di tua virtù la mia virtude accendi,

Più di quel ch'io ti do, sempre mi rendi.

CORO   Quando un'emula l'invita,

La virtù si fa maggior,

Qual di face a face unita

Si raddoppia lo splendor.

LICENZA

Signor, non mi difendo: è ver, son reo,

E d'error senza frutto. Udii che, inteso

La dea di Cipro a immaginar, compose

Da molte belle una beltà perfetta

Greco pittor. M'assicurò, mi piacque,

Mi sedusse l'esempio. Anch'io sperai,

Le sparse raccogliendo

Virtù de' prischi eroi, di tua grand'alma

Formar l'idea nelle mie carte. I fasti

Perciò d'Atene e Roma

Scorsi, ma in van. Nel cominciar dell'opra

Veggo l'error. Non so trovar, fra tanti

E di Roma e d'Atene illustri figli,

Virtù fin or che a tue virtù somigli.

Mai non sarà felice,

Se i pregi tuoi vuol dir,

Lo sconsigliato ardir

D'un labbro audace.

Quel che di te si dice

Tanto non può spiegar,

Che giunga ad uguagliar

Quel che si tace.